AF451659

424 | Chambre des Commissaires Priseurs
Envoi à la Bibliothèque Nationale.

VENTE DU 20 MAI 1898

HOTEL DROUOT

Salle N° 9

1898 - Mai 20

PASTELS

TABLEAUX ET DESSINS

PAR

Georges-Bertrand

EXPOSITIONS

Salle des Fêtes du Figaro, 26, rue Drouot, *du 13 au 18 Mai*

Hôtel des Ventes, Salle n° 9, *le 20 Mai, de 1 h. 1/2 à 3 h.*

PARIS. — IMPRIMERIE GEORGES PETIT

12, RUE GODOT-DE-MAUROI, 12

CATALOGUE

DE

35 PASTELS

TABLEAUX et DESSINS

RÉDUCTION DU TABLEAU " PATRIE "

PAR

Georges-Bertrand

DONT LA VENTE AURA LIEU

HOTEL DROUOT, Salle N° 9

Le Vendredi 20 Mai 1898, à trois heures

Mᵉ G. DUCHESNE	**MM. BERNHEIM JEUNE**
COMMISSAIRE-PRISEUR	EXPERTS
6, rue de Hanovre	8, rue Laffitte, & 36, av. de l'Opéra

EXPOSITIONS

SALLE DES FÊTES DU FIGARO, 26, rue Drouot
Du 13 au 18 Mai

HOTEL DES VENTES, salle n° 9
Avant la Vente, de 1 heure 1/2 à 3 heures.

CONDITIONS DE LA VENTE

Elle sera faite au comptant.

Les acquéreurs paieront *cinq pour cent* en sus des enchères.

GEORGES BERTRAND

Un oublié, ou presque. Très retiré de la vie parisienne, tout à son travail dans sa solitude de Versailles, qu'il quitte de temps en temps pour montrer une invention artistique, une œuvre nouvelle.

Après son retentissant succès de *Patrie*, le magistral tableau qui le fit classer, tout jeune, grand artiste, par la critique unanime, il exposa encore une fois, puis n'envoya plus rien au Salon. Et voilà huit ans, un jour, des affiches annoncèrent des maquettes animées de Georges Bertrand. Ce fut tout de suite une poussée de curiosité vers l'Alcazar, où on les voyait, ces merveilleuses poupées, souples, mobiles, gracieuses, donnant, par tout un jeu de fils invisibles, l'absolue illusion de la vie, la sensation, dans des petites scènes rapides, d'un cinématographe en couleurs, sans le tremblement désagréable des plaques successives.

Pour les artistes, les épris du beau, ce fut un enchantement, mais le gros public, habitué aux fantoches aux membres raidis et cassés, ne comprit pas l'extraordinaire de l'invention, et ne voulut pas applaudir. L'insuccès des marionnettes n'atteignit pas Bertrand, déjà repris tout entier à la recherche d'un fixatif du pastel, d'un fixatif immuable, qui donnerait à la poussière de couleur la solidité de la peinture à l'huile, tout en lui laissant le velouté et la fraîcheur qui sont les qualités maîtresses du pastel.

Et à cette recherche, le peintre inventeur se passionna. Tout son temps lui fut consacré et, pour pouvoir tout à son aise manipuler ses drogues, il alla se réfugier loin de toute distraction, à Sainte-Marguerite, un coin perdu de la côte normande.

Nous n'entendions plus parler de lui, lorsque, parmi les toiles envoyées au concours pour la décoration de la salle à manger de l'Hôtel de Ville, une série de compositions d'une vie intense et lumineuse — signées Georges Bertrand — obtint le prix. Pour donner dans son atelier les dernières touches, puis mettre les toiles en place, Georges Bertrand revint à Versailles, et, à ma première visite, tandis que je lui disais mon enthousiasme pour l'harmonie si claire de ses peintures décoratives, il m'interrompit par un : « Vous savez, mon fixatif du pastel, je le tiens ! Et, cette fois, c'est trouvé. »

Moi, je n'y croyais plus, toutes les expériences passées me revenaient en mémoire : des pastels exquis, auxquels Bertrand travaillait des journées entières, et qu'il gâchait impitoyablement dans des bains de colle et de choses infectes, ne laissant, à la place des lumineuses peintures, que des plaques de couleur jaune ou noirâtre.

Et, de l'air ravi de me faire une farce, Bertrand, maintenant, me montrait une étude de nu, un dos de femme, nacré, clair, chatoyant, un pastel à larges traits épais, d'une fraîcheur de ton adorable.

— Oh ! celui-là, je vous en prie, ne le fixez pas, ce serait si dommage de l'abîmer !

— Il vous plaît, dit Bertrand, et bien ! si vous arrivez à lui enlever une miette de couleur, je vous le donne !

Et d'abord avec la main, puis avec la manche de mon habit, enfin — poussé par Bertrand taquin et content de mon air d'incrédule convaincu — avec une brosse, je frottai le pastel sans arriver à lui enlever un atome de poussière. Encore ce fut le tour d'autres horreurs ; nous arrosâmes la pauvre toile et, pour l'égoutter, lui fîmes subir des secousses à écailler n'importe quel vernis. Une fois sec, le pastel avait pourtant repris sa beauté fraîche, son premier velouté, qui m'avait fait croire à l'absence de fixatif.

Peu après ce pastel, Georges Bertrand m'en montra une série : paysages, marines, études de nu et portraits encadrés sans glace, tous solides comme de la peinture à l'huile et dont les couleurs, fixées depuis déjà pas mal de temps, ne bougent pas, gardent leur fraîcheur, leur éclat primitif.

Et encore ce n'est pas tout. Le fixatif de Bertrand conserve aux couleurs leur même ton aux lumières, sans embu, sans miroitement, avec, sur la peinture, un éclat très doux, des clartés vigoureuses, des ombres intenses.

Et, pendant que j'admirais, Bertrand me parlait du nouvel art décoratif que son invention créait, des fresques extérieures, des décors de théâtre, des peintures décoratives établies en quelques touches, que ce fixatif mettrait à l'abri de la pluie et de la poussière, rendrait immuablement solides.

Ces pastels fixés, ces petites études qui encombrent l'atelier, dont un mur entier est pris par la toile immense des funérailles de Carnot, que le gouvernement vient de commander à

Georges Bertrand, nous allons bientôt les voir exposés au *Figaro*, et le public aura loisir de constater qu'on peut être un très remarquable inventeur, tout en restant un peintre de grand talent.

Du reste, Georges Bertrand a déjà eu quelques précurseurs, et je n'en citerai qu'un. Il s'occupait de recherches aérostatiques tout en faisant de la peinture, ce qui n'a pas empêché son nom de passer à la postérité avec une certaine auréole de gloire : Léonard de Vinci.

PRINCE BOJIDAR KARAGEORGEVITCH.

Tous les pastels portés au présent catalogue et qui passeront en vente à l'Hôtel Drouot, le 20 Mai, seront estampillés au chiffre de M. Georges-Bertrand et porteront la date de la vente.

Pastels [*]

1 — *Pommiers en fleurs. — Presbytère de Varangeville.*

2 — *Dos et profil perdu sur fond vert.*

3 — *Mer démontée. Villerville.*

4 — *Solitude. Ste-Marguerite-s/Mer.*

5 — *Projet de panneau décoratif.*

6 — *Projet de panneau décoratif.*

7 — *Vert et vert.*

8 — *Étude sur fond noir.*

9 — *Étude sur fond brun.*

10 — *Étude sur fond jaune.*

11 — *Étude sur fond vert.*

12 — *Lever de lune, marine.*

13 — *Paysanne, profil.*

14 — *Paysanne.*

(*) Tous ces pastels ont été fixés par le procédé de M. Georges-Bertrand.

15 — *L'Orage arrive. Varangeville.*

16 — *Portrait de Me X.*

17 — *Calme plat, marine.*

18 — *Coucher de lune, brume. Versailles.*

19 — *Esquisse de* Printemps qui passe, *dont l'original a été exposé au Salon de 1884.*

20 — *Étude sur fond grenat.*

21 — *Étude sur fond bleu ciel.*

22 — *Gros temps. Villerville.*

23 — *Arbres en fleurs. Ste-Marguerite-s/Mer.*

24 — *Cuirassier.*

25 — *Profil perdu, fond mauve rosé.*

26 — *Femme à la Rose de Noël.*

27 — *Soleil couchant. Pourville.*

28 — *Étude de dos, sur fond bleu.*

29 — *Le vieux Pierre.*

30 — *Cuirassier.*

31 — *Prière.*

32 — *Femme à la cuirasse.*

33 — *A la pointe du jour.*

34 — *Jaune et noir.*

35 — *Enclos. Ste-Marguerite-s/Mer.*

Tableaux

Paris. Imp. Georges Petit. — 6308-98.

www.ingramcontent.com/pod-product-compliance
Lightning Source LLC
LaVergne TN
LVHW012202170726
843503LV00009B/4329